20, allée de la Danse
L'ombre d'un frère

Elizabeth Barféty
Illustré par Magalie Foutrier

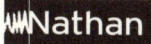

1

– **Je te préviens,** la place que je vais prendre, je ne la quitterai plus !

Bilal s'avance vers la table de ping-pong en bombant le torse et s'empare de la raquette que lui tend Zoé. Balle en main, Colas attend que son nouvel adversaire soit prêt. « Ne te laisse pas déstabiliser, s'encourage-t-il. C'est de l'intox, c'est tout ! »

Les deux garçons sont élèves en sixième division, la première année de l'École de Danse de l'Opéra de Paris. Avec quatre filles de leur âge, ils forment une bande d'amis inséparables. Ce mardi, ils sont réunis dans la cour intérieure qui sépare le bâtiment de la danse de celui de la scolarité. Après une matinée consacrée à leurs études, ils ont déjeuné et ont pris leur cours de danse classique du début d'après-midi. Ils profitent maintenant d'une courte récréation pour s'affronter dans un tournoi de tennis de table !

Le principe ? Chaque match se joue en 6 points, sans écart minimum au score, et le vaincu laisse sa place au joueur suivant. Le vainqueur, lui, reste à la table tant qu'il n'a pas été battu.

Enfin, Bilal se décide à servir.

– C'est parti ! déclare-t-il, lançant la balle juste dans le coin de la table.

Colas plonge sur le côté, mais sa raquette arrive une seconde trop tard.

— 1-0 ! annonce Bilal en levant les bras en l'air. Vous avez vu cette balle, les filles ? J'l'ai bien aimée, celle-là !

Zoé éclate de rire : elle vient de perdre 6-2 face à Colas, et elle apprécierait beaucoup d'être « vengée ».

— 2-0 ! indique Maïna, alors que la balle de Colas sort de la table à cause d'un smash manqué. Tu peux encore remonter !

Le petit blond la remercie d'un sourire et envoie un service gagnant.

— 2-1 ! dit Constance d'un ton neutre.

Pourtant, s'il y a bien quelqu'un que Colas aimerait impressionner, c'est la jolie brune. Ils ont beau avoir le même âge, elle est déjà en 6e, après avoir sauté une classe, quand lui est encore au CM2… Du coup, il craint qu'elle ne le voie que comme un petit. « Déjà que je le suis, petit ! » songe-t-il, amer.

Pour compenser, il fanfaronne en servant pour la seconde fois :

– Préparez-vous, je sens que c'est le tournant du match !

Avec un sourire ravi, il constate que Bilal s'est laissé avoir par l'effet qu'il a mis dans la balle.

– 2-2, égalité ! lâche Sofia en brandissant son portable pour les photographier. Un sourire, *per favore* ?

Colas remet sa mèche blonde en place et prend sa pose préférée devant l'objectif : tête légèrement baissée, regard par en dessous, sourire en coin. De l'autre côté de la table, Bilal tire la langue en faisant le V de la victoire. Les deux amis ont vraiment un style très différent !

La partie se poursuit… et échappe rapidement à Colas. Si le blond est un joueur technique, maîtrisant bien la trajectoire de ses balles et les effets, son adversaire, lui, a l'avantage physique : il est plus grand et plus fort. Les smatches de Bilal sont impossibles à rattraper !

Voilà pourquoi Zoé finit par annoncer :

— 6-4 ! Encore une victoire pour Bilal, qui conserve son titre de champion !

— Désolée, Colas, souffle Sofia alors qu'elle lui fait une bise de consolation sur la joue.

Les deux garçons se tapent dans la main, mais pour le blond, le cœur n'y est pas. Ces derniers temps, il a du mal à supporter la défaite.

– Je prendrai ma revanche, tu verras !

– C'est beau l'espoir, crevette ! réplique Bilal. En attendant, magne tes fesses, on va être en retard en cours si tu traînes !

– Bienvenue, bienvenue ! chantonne M. Jankovic, le prof d'expression musicale, quand les premiers élèves passent la porte de la salle. C'est une belle journée pour faire de l'art, aujourd'hui ! J'espère que vous vous sentez créatifs…

Les six amis de la bande se sourient. Ils apprécient tout particulièrement ces leçons. D'abord parce qu'elles sont mixtes, et qu'ils y assistent tous ensemble. Mais aussi parce qu'elles leur permettent de créer de petites chorégraphies, de se libérer et d'exprimer leur personnalité. En allant s'asseoir au centre de la pièce, devant le piano de M. Jankovic, Colas observe sa bande.

Les six élèves sont amis depuis le stage, cette période de six mois qui suit les auditions d'entrée à l'École et prépare au concours donnant accès à la sixième division. « Pourtant, on est vraiment différents les uns des autres ! » remarque Colas. Bilal, par exemple. Les deux jeunes danseurs sont très proches, alors qu'ils ont des histoires opposées. Colas vient d'une famille où la danse classique a une importance capitale. Bilal, lui, a dû se battre pour avoir le droit de se lancer dans cette activité « pour filles ».

– Tout le monde est là ? demande M. Jankovic. Alors on y va !

Les petits rats bondissent sur leurs pieds. Pas besoin de préciser l'exercice, les élèves le connaissent : à tour de rôle, ils vont proposer un son, un geste – peu importe –, que l'ensemble devra ensuite reproduire. C'est une sorte d'échauffement pour le cours !

Colas sourit à Zoé. La petite rousse est parfaitement dans son élément : elle a mille idées à la seconde et déborde d'énergie. C'est la plus jeune de la bande, et elle partage sa chambre à l'internat avec la douce Maïna, toujours prête à rendre service… et la jolie et mystérieuse Constance qui intrigue tant Colas : « On ne sait jamais ce qu'elle pense… ». Quant à la dernière de la bande, Sofia, elle est justement en train de lancer un son assez étrange, qui ressemble à… « un cri de dauphin ? »

se demande Colas, alors que, comme les autres élèves, il tente en vain de le reproduire.

Ils sont tous écroulés de rire, et M. Jankovic doit leur accorder une pause.

– Qu'est-ce que c'était exactement, Sofia ? interroge-t-il, en souriant. Une spécialité italienne ?

La blonde rougit jusqu'aux oreilles et répond en levant les mains :

– Je ne sais pas, c'est sorti tout seul…

Le cours reprend rapidement et les élèves passent bientôt au chant. Colas n'aime pas tellement sa voix, mais il commence à s'habituer à chanter en groupe. Et puis M. Jankovic leur fait travailler l'expression du visage et du corps, et il choisit toujours des chansons qui lui ressemblent : joyeuses, optimistes, drôles.

Sa joie de vivre est communicative : en sa présence, les petits rats redeviennent des enfants insouciants. Ils s'amusent. Et aujourd'hui encore, la magie fonctionne. Face aux visages épanouis de ses amis, Colas se déride, oubliant sa défaite au ping-pong. « J'ai quand même de la chance de les avoir trouvés, ceux-là… »

2

Le cours de classique du mercredi a été particulièrement éprouvant physiquement. Colas marche lentement dans le hall du bâtiment de la danse, pas franchement pressé d'enchaîner avec le second cours de l'après-midi, celui de danse folklorique.

Soudain, il remarque un attroupement. Une douzaine de filles des petites divisions se sont arrêtées devant une des salles de danse du rez-de-chaussée. Colas s'approche pour découvrir ce qui retient ainsi leur attention… Il aperçoit son frère aîné, Frantz, en plein grand jeté, qui semble voler au-dessus du parquet bleu. C'est la fin du cours de danse des garçons de deuxième division, et Frantz rejoint à présent ses camarades. Il n'est pas le plus grand ou le plus musclé des danseurs, pourtant il sort du lot. Son visage aux traits fins, son expressivité et la hauteur de ses sauts lui permettent de se démarquer.

« C'est vrai qu'on a envie de le regarder », songe Colas, qui se rend bien compte que de nombreuses filles de l'École sont fans de Frantz. Il en éprouve un mélange de fierté et de jalousie. Fierté, parce que c'est son frère, son éternel modèle, celui qui lui a ouvert la voie… Et jalousie, parce qu'il est plus tout : plus grand, plus

beau, plus talentueux. Colas en a assez que le monde entier les compare. « Il a 15 ans, cinq ans de plus que moi, je serai toujours à la traîne par rapport à lui ! » rumine-t-il en serrant les dents. Pourtant, même s'il sait que la course est perdue d'avance, il ne peut s'empêcher de vouloir y participer.

– Il est fort, ton frère ! s'écrie Maelys, une fille de sixième division, des étoiles plein les yeux.

– Avec lui dans l'École, t'as pas besoin de Petit Père, renchérit Malo, qui s'est lui aussi arrêté en apercevant l'attroupement. C'est cool !

« Petit Père » ou « Petite Mère » : c'est comme ça qu'on appelle les élèves plus âgés qui jouent un rôle de parrain ou de marraine pour les plus jeunes. Ils conseillent, rassurent, consolent… Grâce à eux, l'absence de la famille pèse un peu moins.

Colas sait bien que les autres élèves pensent lui faire plaisir en lui parlant de Frantz… mais c'est tout le contraire. Car son frère n'a jamais voulu jouer ce rôle pour lui. Pour tout dire, la plupart du temps, il l'ignore complètement. Justement, Frantz sort de la salle. En grande conversation avec un de ses camarades, il traverse le groupe des petits, sans même lui accorder un regard.

Pour Colas, c'est comme s'il l'avait giflé en public. « Ce serait si compliqué de me dire bonjour ? Ou de me faire un signe ? Là, j'ai juste l'air d'un débile devant tout le monde ! »

Refusant de montrer sa déception,

il s'éloigne rapidement dans le hall, avant de s'enfoncer dans le parc de l'École. L'endroit où il va lorsqu'il veut être seul, ce qui n'est pas toujours facile quand on vit en internat.

« Avoir son frère à l'École, quelle chance ! » : voilà la phrase qu'il entend sans cesse. « La vérité, c'est que Frantz ne me voit pas, ne me parle pas et n'en a rien à faire de mes états d'âme ! » songe Colas. La seule fois où il a tenté d'aller le voir dans sa chambre, quelques semaines après son arrivée à l'École, pour lui demander conseil au sujet d'un cours compliqué, Frantz l'a envoyé bouler.

– Je te préviens, je ne vais pas jouer les baby-sitters, lui avait-il dit en soufflant bruyamment. Si tu avais l'intention de me coller, oublie tout de suite !

Il n'avait pas fallu le lui dire deux fois… Depuis, Colas n'est jamais retourné ennuyer son frère avec ses histoires.

Pour se confier, il a trouvé la Petite Mère idéale : Julie. Elle a 16 ans et est élève en deuxième division, comme Frantz. C'est une jeune fille joyeuse, au rire communicatif. Chaque fois qu'il discute avec elle, Colas a l'impression de voyager dans le sud de la France à cause du fort accent qu'elle se refuse à perdre. Elle est toujours à l'écoute, de bon conseil… et sait quand un gros câlin vaut mieux qu'un long discours ! Colas, qui ne se confie pas si facilement, mesure sa chance de l'avoir.

Mais il n'a jamais choisi de Petit Père.

3

Ce jeudi, une équipe de journalistes de télévision est venue tourner un sujet pour le journal de 20 heures. Accompagnée par Hélène, l'attachée de presse de l'École, une jeune femme brune aux cheveux courts s'approche des garçons de sixième division réunis devant leur salle de danse, un peu avant leur cours.

– Je peux vous poser quelques questions ? demande-t-elle d'un ton mielleux.

– Vous n'êtes pas obligés de répondre,

précise Hélène, et pour ceux qui veulent bien faire une petite interview, ça ne prendra pas plus de dix minutes.

Les huit élèves acceptent : tous apprécient qu'on s'intéresse à l'École ! La journaliste désigne Colas et l'interroge :

– Toi, petit ! Tu as quel âge ?

– 10 ans, répond Colas, en baissant le nez.

– Pourquoi tu as choisi la danse plutôt que le foot ? enchaîne aussitôt la femme, sans remarquer son expression vexée. Tu étais fan de Billy Eliott ?

Cette fois, Colas lève franchement les yeux au ciel.

Quand on dit « petit rat de l'Opéra », la plupart des gens pensent « justaucorps, tutus, chaussons roses, chignons maîtrisés »... Bref, on imagine de frêles jeunes filles qui courent dans les galeries du Palais

Garnier. Pourtant, à l'École de Danse, la moitié des élèves sont des garçons ! C'est assez logique quand on y pense, puisque le but premier de l'établissement est de former les futurs danseurs de l'Opéra de Paris. Et le Corps de ballet est composé d'autant de femmes que d'hommes !

– Pas du tout, répond Colas, un peu agacé. Mes parents sont tous les deux d'anciens danseurs professionnels. Mon père, à Toulouse, et ma mère, dans une compagnie américaine. Du coup, j'ai enfilé des chaussons avant même de savoir marcher.

Puis il remercie la journaliste avec un sourire crispé, avant de quitter le petit groupe pour entrer dans la salle de danse.

Quand Bilal le rejoint, Colas est en train de se mettre en tenue de danse : justaucorps blanc, collants et chaussons gris.

– Ça m'énerve, c'est toujours les mêmes questions ! ronchonne le petit blond. Et Billy Eliott par-ci, et le foot par-là… On dirait qu'ils viennent tous de découvrir qu'un garçon peut faire de la danse classique !

M. Borel interrompt leur discussion en frappant dans ses mains, avant de lancer d'une voix forte :

– Allez, les stars, on redescend sur terre ! En place à la barre, et dans le silence, merci !

La bonne nouvelle, c'est que Colas ne connaît pas de méthode plus efficace qu'un cours de danse classique pour le calmer. Une main posée sur la barre, il entame la série de pliés qui ouvre toujours le cours. Matthieu, le pianiste attitré des garçons de sixième division, joue le thème de *James Bond*, pour le plus grand plaisir des élèves.

– Bien droit, le dos ! Et on baisse les épaules ! rappelle la voix puissante de M. Borel.

Rapidement, Colas entre dans le cours. Calme, concentré sur sa posture et sur l'effort physique, il se laisse guider par son corps, qui connaît parfaitement l'enchaînement des exercices. D'ailleurs, leur prof ne parle quasiment pas : il marque la mesure, corrige un geste, redresse un bras…

Déjà, il est temps de passer aux exercices du milieu. Les élèves prennent deux minutes de pause pour boire de l'eau et s'éponger le front.

– On reprend par groupes ! annonce M. Borel. On continue le travail sur les dégagés. Allez, les trois premiers, on ne traîne pas !

Colas s'avance aux côtés de Malo et

de Lucas. Ce sont les trois élèves les plus petits de la sixième division… et Colas est le plus petit des trois ! Il serre les dents en repensant à la conversation qu'il a eue avec M. Borel la semaine dernière, à la fin du cours. Les groupes venaient d'être formés et Colas avait constaté que le sien avait à travailler une chorégraphie moins technique que le groupe dans lequel se trouvait son ami Bilal.

Avant de quitter la salle, il n'avait donc pas hésité à aller trouver son professeur pour plaider sa cause :

– Est-ce que je pourrais changer de groupe, monsieur Borel ? Je serai capable de suivre, j'en suis sûr !

Le professeur avait secoué la tête.

– Tu sais, Colas, je ne fais pas les groupes pour vous embêter. Les exercices que je vous demande de réaliser sont adaptés à votre développement physique. Malo, Lucas et toi êtes les plus jeunes du cours, et tu vois bien que vous n'avez pas encore la même musculature que les autres. Vous allez devoir patienter un peu.

— Mais je me sens prêt, moi !

— Ce n'est pas toi qui décides, Colas, c'est la nature. Quant à moi, je n'ai aucune envie que tu te blesses.

Et il avait tourné le dos à Colas, signifiant très clairement au jeune élève que la discussion était terminée.

À cette pensée, une colère sourde s'empare du garçon. Il tente de mettre cette énergie au service de la danse… Mais il se sent raide, brutal.

« Peut-être qu'il pourrait se raviser ? » ne peut-il s'empêcher d'espérer, alors qu'il termine l'enchaînement, le souffle court.

Le second cours de l'après-midi, celui de mime, vient de s'achever. Les élèves de sixième division se changent rapidement : ils doivent se rendre à la salle de spectacle de l'École, où Mlle Pita, la directrice, va faire une annonce à toutes les divisions.

En entrant, ils font une révérence aux deux professeurs de danse présents ; à l'École, les élèves doivent saluer de cette façon tous les adultes qu'ils croisent, c'est une tradition qui date de la création de l'établissement. Puis ils s'installent, impatients de connaître la grande nouvelle.

Bientôt, la directrice apparaît sur

scène, et le silence se fait dans la salle.

— Comme vous le savez, commence Mlle Pita, à partir de la semaine prochaine, nous aurons l'honneur d'accueillir M. Nigel Miller. Il restera cinq semaines parmi nous.

Colas hoche la tête. Le week-end précédent, toute sa famille n'a parlé que de la venue en résidence du célèbre chorégraphe américain. Frantz et ses parents avaient disserté pendant des heures du parcours « fascinant » de la star, de ses idées « révolutionnaires ». Bien sûr, Colas avait déjà entendu parler de Nigel Miller, mais il n'a jamais vu un de ses ballets. Il aurait aimé pouvoir participer à la conversation… mais il en savait bien moins que ses parents et son frère ! Résultat, il n'avait pas osé intervenir dans la discussion, ni même poser des questions, de peur d'avoir l'air idiot. Il s'était contenté d'écouter en silence, en se demandant s'il parviendrait un jour à être à la hauteur des échanges passionnés de ses parents.

Des murmures et des exclamations parmi les élèves qui l'entourent le font revenir au présent.

Visiblement, la directrice a terminé sa grande annonce… et il l'a ratée !

– Je compte donc sur vous pour représenter dignement l'École et l'enseignement que vous y recevez !

– Mais il va choisir des petits ? interroge Zoé d'une voix forte.

– Je ne peux pas vous le garantir, répond Mlle Pita. Cependant, M. Miller m'a informé qu'il souhaitait que tous les âges soient représentés.

La directrice quitte la salle, alors que M. Borel s'approche des garçons, pour conclure avant de s'éloigner :

– Vous avez entendu, les enfants ? Il s'agit de donner le meilleur de vous-mêmes !

Colas observe ses amis, qui ont repris leur conversation sitôt leur prof parti.

– Elle a beau dire, déclare Zoé en fronçant le nez, j'ai du mal à croire que Nigel Miller s'embête avec un gamin de 10 ans ! C'est juste un truc pour nous faire travailler plus…

– C'est vrai, ce sera sûrement un petit rôle, répond Sofia, mais ça veut dire avoir la chance de répéter avec lui…

– Oui, rien que pour ça, je vais tout donner aux prochains cours ! approuve Bilal.

– Aux prochains cours ? répète Colas, surpris.

« Alors, c'est ça qu'est venue nous annoncer la directrice », comprend-il.

— Allô, la Terre ?! se moque Zoé. T'as rien écouté ou quoi ?

Colas la regarde d'un air gêné, sans oser avouer que c'est précisément ce qui s'est passé. Heureusement, Maïna vient à son secours :

— Nigel Miller va monter un spectacle avec les élèves de l'École pendant sa résidence. Au début, on travaillera tous sur une chorégraphie qu'il nous aura montrée…

— … et au bout de deux semaines, il viendra nous observer en cours pour choisir avec Mlle Pita les élèves qui participeront au spectacle, termine Sofia.

Pendant que la bande rejoint le hall du bâtiment de la danse, Colas réfléchit. Il ne sait pas si c'est raisonnable d'espérer être sélectionné. Il doute tellement de lui en ce moment ! « Pourquoi moi plutôt qu'un autre ? pense-t-il. Je n'ai rien de particulier… »

Comme si ses doutes ne suffisaient pas à le démoraliser, le soir venu, Colas bute sur son problème de maths. Il s'est allongé sur un banc dans le parc de l'École. Ce soir, il avait envie d'être tranquille, d'avoir un peu d'espace. Malo et Jonathan, les deux garçons qui partagent sa chambre, sont sympas… mais il n'est pas suffisamment proche d'eux pour avoir envie de passer vingt-quatre heures sur vingt-quatre avec eux. « Si seulement Bilal n'était pas externe… », se dit-il pour la millième fois, avant de poser un regard désespéré sur la feuille presque blanche étalée devant lui.

Bien sûr, il pourrait aller demander un coup de main à Maïna, qui est une excellente élève et est toujours ravie d'aider. « Mais elle a sans doute autre chose à faire », songe le garçon en prenant son visage dans ses mains. Et puis Maïna, Bilal et Constance sont en 6e, eux. Ils le trouveraient sûrement ridicule, avec son pauvre problème de maths de CM2 ! Il y aurait bien Sofia, mais l'Italienne est suffisamment prise par ses cours de français langue étrangère. Quant à Zoé, aller la voir dans sa chambre signifierait annoncer devant Constance qu'il a besoin d'aide. Et risquer de passer pour un idiot. Alors en soupirant, il relit l'énoncé.

4

Colas lève les yeux vers l'imposant bâtiment qui se dresse devant lui. L'Opéra Bastille ne ressemble pas du tout au Palais Garnier. C'est un bloc moderne à la forme un peu étrange. Beaucoup le trouvent froid. Pour Colas, il représente un rêve, celui de danser sur son immense scène, devant des rangées et des rangées de spectateurs à perte de vue.

Mais ce samedi soir, il ne fait pas partie des danseurs ; il est simple spectateur du ballet. C'est une sortie en famille traditionnelle ; Frantz est là, lui aussi. Il participe à la conversation animée qu'ont leurs parents avec le couple âgé juste devant eux dans la file d'attente. Colas tente de s'intéresser à la discussion, qui vient de s'orienter sur un chorégraphe dont il n'a jamais entendu parler.

— Tu as travaillé avec lui, maman ? interroge-t-il.

Ses parents et son frère éclatent de rire, et c'est le vieux monsieur du couple qui se dévoue pour lui répondre :

— Ta maman n'était sans doute même pas née quand il nous a quittés…

La mère de Colas sourit.

— Vous me flattez ! s'exclame-t-elle.

Vexé, Colas n'écoute pas la suite. Il déteste qu'on se moque de lui comme ça !

Après ce qui lui semble une éternité, ils finissent par entrer dans le bâtiment et s'installer dans l'immense salle de l'Opéra. Ils ont d'excellentes places, dans l'orchestre, c'est-à-dire les rangées de sièges situées juste en face de la scène. Comme d'habitude, les parents de Colas, qui sont toujours dans le milieu de la danse, ont reçu des invitations. Sa mère, Madeleine, est aujourd'hui une chorégraphe reconnue, elle a créé sa propre compagnie. Quant à son père, Bruno, il travaille dans une agence qui s'occupe de la promotion de spectacles de danse.

Heureusement, dès que le rideau se lève, Colas oublie sa mauvaise humeur. Une fois de plus, il se laisse emporter par la magie de *Roméo et Juliette*, le ballet qui est joué ce soir-là.

Quand les lumières se rallument pour l'entracte, il cligne des yeux, ébloui. Décidément, rien ne vaut une soirée à l'Opéra pour se rappeler les raisons pour lesquelles il fait tous ces sacrifices. « Un jour, ce sera moi sur scène ! » se dit-il en suivant ses parents et Frantz jusqu'au bar, où ils vont acheter de quoi grignoter.

Son esprit s'envole. Il se rejoue la scène qu'il a tant de fois imaginée…

C'est la fin d'un ballet. Colas salue fièrement le public, après avoir merveilleusement incarné un rôle majeur du répertoire. Soudain, parmi les murmures du public, M. Laveau, le Directeur de la danse, qui dirige la compagnie de l'Opéra de Paris, monte sur scène, on met en place un micro. Et c'est l'annonce : Colas Vetter, nommé Étoile de l'Opéra de Paris.

– Oh, oh, Colas ! Alors : thon ou poulet ? demande sa mère, visiblement pour la seconde fois.

Il faut quelques instants au garçon pour comprendre qu'elle parle de la garniture de sandwichs.

– Poulet, merci.

– Toujours dans la lune, mon petit dernier, explique sa mère à la vendeuse, avec un sourire indulgent.

La famille trouve ensuite un coin tranquille où s'asseoir à l'étage.

– Alors, Frantz, qu'est-ce que tu en as pensé ? interroge leur père.

– Les décors sont vraiment fantastiques ! Notre prof nous avait parlé de la symbolique des couleurs…

Colas mâche son sandwich sans participer à la conversation. « Après la façon dont ils se sont moqués de moi tout à l'heure, ça va bien, merci ! » boude-t-il.

Il ne peut pas nier que les commentaires de Frantz sont intéressants. Il aurait pu avoir un frère plus banal, mais non, il a fallu qu'il soit beau, intelligent, apprécié par tout le monde… Comment passer après ?

La conversation s'oriente à présent sur la résidence de Nigel Miller à l'École.

– Ce serait formidable que tu décroches un rôle, Frantz ! s'écrie leur mère. Trois semaines de travail personnel avec un chorégraphe de cette envergure, c'est une chance…

– Sans compter que ce serait un atout sérieux sur ton CV, renchérit leur père. À ton âge, ça compte…

Cette fois, Colas ne peut s'empêcher d'intervenir :

— Et vous saviez qu'il va choisir un garçon et une fille de chaque division ? Même chez les petits ?

Sa mère lui ébouriffe les cheveux.

— C'est gentil de penser à vous, répond-elle. Un peu de figuration dans des spectacles, ça fait de bons souvenirs…

« De la figuration ? se dit-il. Super sympa… Comme si on ne pouvait pas danser à mon âge. Je fais quoi toute la journée à l'École, exactement ? »

Bientôt, la colère laisse place à un sentiment plus fort, plus désespéré. Car le pire, ce n'est pas que ses parents considèrent la participation d'élèves de sixième division comme un simple divertissement… C'est surtout que sa famille n'ait même pas pensé qu'il rêvait d'être choisi ! « Personne ne me dit que je vais y arriver, moi. » Il aimerait juste un mot d'encouragement. « Parfois, j'ai l'impression que rien de ce que je peux faire ne sera jamais à la hauteur », songe-t-il alors que les spectateurs regagnent la salle pour assister à la fin du ballet.

– Ce qui est sûr, dit Frantz en riant, c'est que certains élèves se font des illusions…

Il se tourne vers Colas et s'exclame :

– Tiens, ta Petite Mère, par exemple ! Excuse-moi, mais tu n'as pas choisi la plus brillante… Elle est passée de justesse l'année dernière, et là, clairement, elle n'a plus le niveau.

Colas en reste bouche bée. « Comment peut-il dire ça si froidement ? Même s'il n'apprécie pas Julie, il se doute bien que ça va me faire de la peine ! »

Il aimerait trouver une repartie cinglante, mais impossible. De toute façon, il est déjà trop tard : Frantz poursuit sa conversation. Comme si de rien n'était.

Dimanche soir, après une journée en famille pendant laquelle il n'a pas décroché plus de trois mots, Colas est de retour à l'internat. Il se tourne et se retourne dans son lit. À court de stratagèmes, il se résout à fermer les paupières et à mimer au mieux le dormeur…

Quand il rouvre les yeux, il se sent différent. Plus grand, plus fort. Il baisse le nez et découvre qu'il est en justaucorps et collants, chaussons aux pieds ! Et sous ses pieds, ce n'est plus la moquette de sa chambre à l'internat, mais des planches. Un sol penché que son cerveau identifie immédiatement : la scène de l'Opéra Garnier !

Saisi de panique, Colas regarde à la ronde et s'aperçoit qu'il est entouré d'une dizaine de danseurs et danseuses. Il ne distingue pas vraiment leurs visages, mais il sait confusément qu'il s'agit du corps de ballet.

La chaleur d'un projecteur l'enveloppe. Plus personne ne bouge, les autres danseurs sont immobilisés. Des statues de chair, dont les yeux sont tournés vers lui.

Une goutte de sueur descend lentement le long de sa colonne vertébrale.

« Il faut que je fasse quelque chose », se répète-t-il frénétiquement. Mais impossible de bouger. Ses jambes ne répondent pas, ses bras sont comme paralysés.

La musique continue, seule, sans le moindre mouvement sur la scène. Il lui semble entendre des murmures. « C'est le public », comprend Colas. Lui ne voit rien, qu'un immense trou noir, qui commence à la lisière de la scène. Pourtant, il sait, il sent que la foule est nombreuse. Et qu'elle gronde.

Soudain, une silhouette élancée bondit depuis les coulisses. Un danseur passe devant Colas, majestueux. Le garçon ne parvient pas à distinguer le visage du mystérieux héros qui se lance dans une chorégraphie complexe, sautant à une hauteur phénoménale et pirouettant sans effort apparent.

Dans la poitrine de Colas, son cœur se calme, reprenant un rythme normal. « Je ne sais pas pourquoi j'ai cru que c'était à moi de danser, se dit-il, soulagé. En fait, mon rôle dans cette scène est de rester immobile, comme les autres danseurs… »

À peine s'est-il fait cette réflexion que les applaudissements du public éclatent. Devant lui, le danseur salue. Puis il se retourne vers Colas, radieux. C'est Frantz.

Brusquement Colas ouvre les yeux. La scène de l'Opéra a disparu. Autour de lui, sa chambre est encore plongée dans l'obscurité. Son réveil indique 04 : 00.

« Un cauchemar, réalise-t-il, en reposant la tête sur l'oreiller. Ce n'était qu'un cauchemar. »

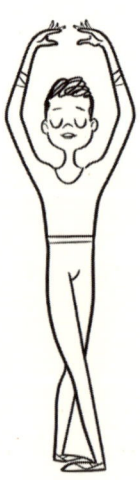

5

D'une manière générale, Colas n'est pas du matin. Ses camarades de chambre le savent bien : il ne faut pas lui parler avant le début des cours. Zoé, sa voisine en classe, irait même jusqu'à dire qu'il vaut mieux éviter tout contact avec lui avant la récréation… Alors ce lundi, après le cauchemar qui l'a réveillé et l'insomnie qui a suivi, il est carrément d'une humeur massacrante quand il s'installe dans la salle de classe du primaire.

À peine arrivée, Mme Lepage, la maîtresse des CM2, annonce :

– Bonjour, les enfants ! J'espère que vous avez passé un bon week-end et que vous êtes en pleine forme… parce qu'on commence par les maths !

Avec un sourire, elle attend calmement la fin des protestations pour reprendre :

– Vous aviez un problème à faire, si ma mémoire est bonne. Voyons…

Elle parcourt la salle des yeux, tandis que les élèves tentent de se fondre dans le décor. Colas, lui, est trop fatigué pour éviter son regard. Il ne se rend compte de son erreur que quand Mme Lepage l'interpelle :

– Colas, tu passes au tableau pour la correction ?

– Meilleure façon de commencer la

journée, marmonne-t-il à Zoé, qui est assise à côté de lui.

La petite rousse ne peut retenir un rire.

– Tu veux l'aider, Zoé ? interroge la maîtresse.

– Non, ça ira, merci !

– Lâcheuse ! chuchote Colas en se levant à regret.

Car, malgré le temps passé sur ce problème, Colas n'est pas vraiment plus avancé que quand il a lu l'énoncé la première fois. Pour lui, c'est du chinois… et Mme Lepage ne tarde pas à s'en apercevoir !

– Tu peux retourner à ta place, Colas. Théo, tu prends la suite ?

– Si ça peut te rassurer, j'aurais pas fait mieux, lui souffle Zoé, alors qu'il s'assied à côté d'elle.

Il s'apprête à noter la correction, quand Mme Lepage lance, d'une voix qui semble étonnée :

— C'est drôle, je me souviens que Frantz était très bon en maths…

Colas se mord les lèvres pour ne pas répondre. Il sent un immense ras-le-bol monter en lui. Il en est presque à se dire qu'il aurait dû choisir une voie radicalement différente. Médecin, avocat, chef cuisinier… Il sait bien qu'il ne s'agit que de rêves. Non pas qu'il n'en soit pas capable. Mais une vie sans la danse, sans le mouvement, est inimaginable pour lui. « Passer ses journées derrière un ordinateur, assis à son bureau ? C'est ça, le vrai cauchemar », se dit-il.

Après le déjeuner, l'effervescence règne chez les garçons de sixième division. Car aujourd'hui, Nigel Miller va assister au cours de danse de M. Borel.

— Il a tenu à vous montrer lui-même la chorégraphie que vous devrez travailler, et qui est un avant-goût de celle que l'un d'entre vous dansera dans son spectacle ! avait expliqué leur prof de danse, lors du dernier cours.

Évidemment, l'annonce avait déclenché un flot de questions… et beaucoup d'excitation ! Tous les garçons sont arrivés en avance, aujourd'hui. Colas et Bilal s'échauffent ensemble dans la salle.

— Cherchez pas, les gars, vous n'avez aucune chance face à moi ! fanfaronne le grand brun, après une série de pompes au milieu de la salle.

Les autres élèves rient ou répondent sur le même ton.

– C'est ça, tu peux toujours courir, coco ! réplique Malo.

– Il ne pourra pas résister à mon charme ravageur, ajoute Colas.

– Aux dernières nouvelles, Nigel Miller n'est pas une fille de 10 ans, mec ! réplique Bilal, moqueur.

En une seconde, les rires cessent et tous les garçons se redressent pour une brève révérence. M. Borel vient de passer la porte. Et derrière lui se tient un homme à la stature impressionnante. Sa peau est aussi noire que son regard, souligné par de petites lunettes rondes. Son visage reste impassible tandis que M. Borel le présente aux élèves.

– Faites comme si je n'étais pas là,

déclare-t-il finalement d'une voix grave teintée d'une pointe d'accent américain.

Matthieu commence à jouer. Les élèves saisissent la barre et débutent le travail. Du coin de l'œil, Colas tente d'observer le chorégraphe. Il pensait qu'il irait s'installer sur la mezzanine qui surplombe la salle de danse, comme le font d'habitude les observateurs. Mais Nigel Miller est resté à côté d'eux et arpente le parquet à pas lents. Son regard se pose sur chaque élève, très attentif.

Conscients d'être observés, les garçons s'appliquent. Les pliés sont profonds, les gestes précis.

– Eh bien dites donc ! remarque M. Borel en riant. On vous a changés, aujourd'hui… Quelle concentration !

Bientôt, pour Colas, la magie de la danse

opère. Le calme qu'il aime tant s'empare de lui, la musique du piano se déroule dans sa tête, guidant les positions de ses membres. Lorsqu'il passe au milieu, ses pensées ne sont pas focalisées sur la répartition des élèves en deux groupes. Au contraire, il se concentre sur la chorégraphie. L'exactitude du mouvement. Les images des danseurs Étoiles qu'il admire tant défilent dans son esprit. Mais, alors qu'il se sent bien en jambes, M. Borel les arrête.

– Prenez quelques secondes de pause pour aller boire, les garçons. Ensuite, je laisserai M. Miller vous montrer ce qu'il attend de vous.

De retour au milieu de la salle, Colas sent la pression revenir. Il observe les postures du chorégraphe, tentant de saisir ses attitudes. Il adopte même ses mimiques. Quand il ne réussit pas un mouvement, il le recommence aussitôt.

Bientôt, il est rouge, en sueur. Pourtant, quand Nigel Miller leur annonce qu'ils ont terminé, Colas est frustré. Il aurait voulu lui en montrer plus.

« Pourquoi il ne reste pas pendant les étirements ? » se dit-il en regardant le danseur quitter la salle. Car s'il y a bien un domaine dans lequel Colas excelle, c'est la souplesse. Ses jambes effectuent le grand écart avec facilité, sans même le faire souffrir. À côté de lui, Bilal peine. Il ne parvient toujours pas à toucher le sol. Colas sourit. « Chacun ses points forts ! »

En attendant, le blond est sûr d'une chose : il va tout faire pour obtenir un rôle dans le spectacle de Nigel Miller. S'il réussit, il aura enfin la réponse à la question qu'il n'arrête pas de se poser en ce moment : « Est-ce que ma place est bien ici ? »

– Action ou vérité ? interroge Zoé.
– Vérité ! déclare Colas avec une grimace.

Il est épuisé après sa courte nuit et il ne s'imagine vraiment pas en train de courir partout dans l'École pour satisfaire l'imagination débordante de la petite rousse. Mais bien entendu, venant d'un spécialiste des actions, cette réponse ne passe pas inaperçue…

– Tiens, tiens ! remarque Bilal en haussant

les sourcils. Le mystérieux Colas accepte de se confier. C'est un événement, les amis.

Le brun mime un roulement de tambour.

— Zoé, tu as une lourde responsabilité, appuie Sofia.

— N'en rajoutez pas, sinon il va changer d'avis, intervient Maïna.

Colas attend, plutôt détendu. C'est vrai qu'il n'a pas l'habitude de raconter sa vie…

— Vous pouvez y aller, déclare-t-il crânement. J'ai rien à cacher !

Zoé plisse le nez et se mordille la lèvre.

— Il y a une question que personne n'ose te poser, commence-t-elle.

Colas fronce les sourcils.

— Quoi ?

Zoé prend une grande inspiration, comme avant de plonger, et lâche :

– Est-ce que tu crois que ton nom de famille a joué pour ton entrée à l'École ?

Colas tombe des nues. Il ne s'attendait pas du tout à ce que son amie l'interroge sur sa famille.

– Tu me demandes si je suis pistonné, c'est ça ? Tu trouves que j'ai pas le niveau ?

– Pas du t..., tente de répondre Zoé.

Mais Colas sent la colère monter en lui.

– T'es en train de me dire que tout le monde se demande comment je suis entré à l'École ? Vous trouvez que je ne suis pas à ma place ici ?

La colère fait trembler ses mains.

– Calme-toi, mon pote ! s'exclame Bilal.

– Zoé n'a pas dit ça, ajoute doucement Maïna. Elle demandait juste si...

Mais Colas ne prête aucune attention

aux tentatives d'explication de ses amis. Il n'entend que le sang qui bat à ses oreilles. Il grogne, mâchoires serrées :

– J'ai passé les auditions comme tout le monde, j'ai fait le stage comme tout le monde, et j'ai passé le concours d'entrée et je l'ai réussi ! La seule différence, c'est que chez moi, c'était juste normal.

Colas fait une pause pour ravaler ses larmes. Il ne les a pas senties arriver. Lui qui refuse toujours de se confier, qui met un point d'honneur à régler ses problèmes tout seul… Il se surprend à dire des choses qu'il ne savait même pas qu'il pensait :

– C'est à peine si on m'a félicité quand j'ai réussi les auditions, puis quand je suis entré à l'École ! Pour ma famille, c'était une simple formalité. Vous pouvez imaginer ça, vous ? Avec vos parents tellement fiers de leur prodige ? Moi, tout ce que je fais, au mieux c'est normal, au pire c'est insuffisant.

— On ne savait pas…, murmure Sofia en posant une main sur son bras.

Retrouvant ses esprits, Colas la repousse d'un geste et regarde ses amis. Il se sent humilié, honteux de s'être mis à nu de cette façon devant eux. « Pauvre petit Colas qui voudrait qu'on l'aime ! Voilà ce qu'ils doivent se dire, tous… », pense-t-il rageusement en se levant pour quitter la chambre de filles. Et avant de claquer la porte derrière lui, il a juste le temps d'entendre Constance murmurer :

— Tu pouvais nous en parler, tu sais. Nous faire confiance…

Dans le couloir, Colas marche vite.

Sentant une nouvelle montée de larmes,

il essuie ses yeux avec sa manche et accélère encore l'allure. Il doit reprendre le contrôle. « Je ne vais pas pleurer sur mon sort, décide-t-il. Je suis plus fort que ça. » Il repousse ses émotions, il les enferme à double tour, loin, très loin. Là où elles ne pourront plus lui faire mal. Il s'accroche à une phrase qu'il se répète, encore et encore : « Je vais prouver au monde entier que je n'ai besoin de personne. »

6

𝒯oute la semaine, Colas se jette à corps perdu dans le travail. Aux cours quotidiens, il ajoute des séances de répétition en solitaire. Il prend même le risque de se faufiler seul dans les salles de danse, alors que le règlement de l'École l'interdit… Il s'astreint également à ce qu'il a baptisé de la « préparation physique ».

– Je fais surtout des pompes et des abdos, explique-t-il à Bilal, alors qu'ils sortent du cours de danse folklorique, le mercredi après-midi.

Son ami observe ses bras d'un air amusé.

– Des pompes, t'es sûr ? Au pluriel ? Parce que tu es toujours une vraie crevette, mec !

Les deux garçons ont l'habitude de se moquer l'un de l'autre, et Bilal pense essuyer une riposte bien sentie. Quelques vannes remonteraient le moral de son ami, il en est sûr. Mais Colas garde le silence. En revanche, la remarque de Bilal a pour effet de le pousser, les jours suivants, à en faire encore plus. Il a beau être épuisé, il refuse de s'arrêter, voyant toute pause comme un abandon.

Le vendredi, au moment de quitter l'École, Maïna lui souffle :

– Essaie de te reposer, ce week-end !

Je trouve que tu as l'air fatigué en ce moment…

– Oui, maman ! réplique Colas en levant les yeux au ciel.

Bien entendu, il n'a aucune intention de suivre le conseil de Maïna. Il s'est concocté un planning d'entraînement complet pour les deux jours à venir. Ses parents étant tous les deux en déplacement, et Frantz ayant mieux à faire que de jouer les baby-sitters, il devrait avoir une paix royale.

Le lundi, Colas est donc plus fatigué encore. Mais tout ce sport lui donne un sentiment de maîtrise de son corps qu'il apprécie de plus en plus. Et il est fier de tenir ses résolutions. Continuant sur sa lancée, après le second cours de l'après-midi, il se faufile jusqu'à la salle de musculation qui se trouve au sous-sol de l'École. Il sait bien qu'elle est destinée aux élèves plus âgés, qui ont appris à se servir des différentes machines pour travailler leur musculature. « J'ai de la chance, il n'y a personne ! » se réjouit-il, en se dirigeant vers un appareil qui permet de muscler les bras et les épaules. Une fois installé sur le siège, il attrape la barre et tente de la tirer vers le sol. Mais rien ne bouge ! Après deux nouvelles tentatives infructueuses, Colas finit par comprendre qu'il peut enlever une partie des poids.

« Cette fois, c'est bon ! » constate-t-il, ravi.

Une série de dix terminée, il enchaîne,

testant les machines les unes après les autres, jusqu'à ce qu'un groupe de première division arrive. Il a tout juste le temps de se jeter sur un tapis de sol. Il se mord la lèvre pour ne pas crier : il vient de ressentir une vive douleur au mollet. « J'ai peut-être un peu forcé sur la dernière machine », se dit-il, tandis que le groupe d'élèves s'approche de lui.

– Qu'est-ce que tu fais là, toi ? Tu devrais pas être en train de faire tes devoirs à cette heure-là ? lui demande Guillaume, un brun aux cheveux bouclés.

Colas fait mine de s'étirer en soupirant :

– Y'a pas moyen d'être tranquille ici…

Puis il se lève en jouant l'indignation et quitte la salle. Il est en sueur, et la douleur dans son mollet droit se réveille à chaque pas. « Vivement le coucher », songe-t-il en regagnant l'internat.

Mais le soir, dans son lit, le sommeil ne vient pas. Colas a mal partout, des courbatures dans des muscles dont il ignorait l'existence, et aucune position ne parvient à le soulager. Pire, il constate avec dépit que sa douleur au mollet reste présente, même au repos.

« C'est pas possible, j'ai l'impression d'avoir 80 ans », s'énerve-t-il. Il est furieux de se sentir ainsi limité. Une nouvelle fois, il a le sentiment que son corps le trahit, qu'il refuse de lui obéir. Mais la douleur physique ne fait que renforcer sa résolution. « Je vais y arriver », se promet-il.

Le lendemain, Colas fait de son mieux pour que personne ne remarque son état… mais le cours de danse classique du début d'après-midi est une torture. Il se mord l'intérieur des joues pour ne pas grimacer chaque fois qu'il monte en demi-pointes.

– C'est raide, Colas ! s'exclame M. Borel. Concentre-toi un peu si tu ne veux pas faire des pompes !

Le blond grimace et hoche la tête. Dans le cours des garçons, quand on se trompe, la sanction est immédiate ! Et les pompes ont un double bénéfice : elles permettent à la fois de faire régner la discipline, mais aussi de renforcer la musculature des danseurs, qui dans quelques années seront appelés à porter les ballerines. D'habitude, l'exercice ne rebute pas trop Colas, mais aujourd'hui, il n'a aucune envie de solliciter plus encore ses muscles endoloris.

– T'as pas l'air bien, mon pote, remarque Bilal à la fin du cours alors qu'ils se rhabillent.

Colas hausse les épaules sans répondre.

– Ça te tente, une petite partie vite fait avant le cours de Janko ?

– Non, laisse tomber, mec, je préfère t'épargner une défaite humiliante…

– Sérieux, Colas, un match en 6 points, histoire d'entretenir notre niveau de jeu, tu vois ? Si tu veux, je te laisse même partir avec 2 points d'avance ?

– Je t'ai dit non ! réplique Colas, qui a haussé la voix sans s'en rendre compte.

– OK, c'est bon ! répond Bilal en levant les mains dans un geste d'apaisement.

Perplexe, il regarde Colas s'éloigner. Puis il fronce les sourcils. Il vient de remarquer quelque chose qui l'inquiète…

Le mercredi après les cours, Bilal a convoqué la bande à une réunion exceptionnelle dans le parc de l'École, un peu à l'écart du passage. Il ne manque que Colas. Et pour cause : c'est de lui que le grand brun veut parler.

– Sujet du jour : Colas, annonce Bilal sans préambule. Je suis le seul à trouver qu'il en fait trop ?

– Non, moi aussi, je m'inquiète pour lui,

répond Maïna, l'air soucieux. Je le lui ai dit, d'ailleurs.

– En même temps, toi, tu t'inquiètes toujours pour tout le monde ! rétorque Zoé avec un sourire moqueur.

– Je pense qu'il est juste stressé par la sélection qui approche, tente de relativiser Constance. Comme nous tous. Il a envie de faire ses preuves…

– Ce matin, quand on est sortis de cours, j'ai eu l'impression qu'il boitait, lâche soudain Sofia.

Bilal acquiesce.

– Je l'ai remarqué aussi hier, confirme-t-il. Si ça se trouve, il est blessé, et il refuse de l'avouer par peur de ne pas être présent le jour où Nigel Miller viendra nous observer.

– Vous ne croyez pas qu'il faudrait qu'on

en parle à un adulte ? intervient Sofia. Les autres la regardent en hochant la tête : il s'agit de la santé de leur ami. C'est trop important pour qu'ils puissent tenter de gérer la situation eux-mêmes.

– Il faut qu'on aille avertir la directrice, tranche Maïna. Elle saura quoi faire.

– Moi, je pense qu'on dramatise un peu, déclare soudain Constance. On n'est même pas sûrs qu'il est réellement blessé… Ça nous arrive à tous d'avoir mal quelque part ! Tout ce qu'on sait, c'est qu'il s'entraîne beaucoup. Ce n'est quand même pas un crime !

Bilal lève les yeux au ciel. Sentant une tension, Maïna propose un compromis.

– Que dites-vous de ça : on le surveille jusqu'à la fin de la semaine ? Et si on

repère quelque chose d'inquiétant, on en parle à Mlle Pita.

Les autres acquiescent.

— OK, alors fin de la réunion secrète ! lâche Bilal. Je rentre, moi. À demain, les filles !

Ignorant tout du projet de ses amis, Colas, lui, est allé trouver sa Petite Mère. Il pense encore à ce que lui a dit Frantz à l'Opéra, et ça le perturbe beaucoup.

« Et si c'était vrai ? songe-t-il. Est-ce qu'elle me le dirait, si les choses ne se passaient pas bien pour elle ? » Cette relation de confiance serait-elle à sens unique ?

Assis sur un des canapés installés dans le hall du bâtiment de la danse, ils discutent d'abord du quotidien. Puis, comme il ne sait pas de quelle façon aborder le sujet, Colas lui avoue de but en blanc ce que son frère lui a dit. Devant l'expression peinée de Julie, il craint un moment qu'elle se mette à pleurer. Mais elle finit par éclater d'un rire sans joie.

– Alors c'est si évident que ça ? dit-elle.

Colas a l'impression qu'elle se parle à elle-même.

– Je peux faire quelque chose pour t'aider ? demande-t-il d'une petite voix.

La jeune femme pose le menton sur ses genoux repliés et soupire :

– Ton frère a raison. Depuis le début de l'année, je n'arrive plus à suivre. Les premiers temps, je me suis dit que c'était une phase, un mauvais moment à passer. Mais aujourd'hui, je ne sais plus.

– Comment ça ?

– Je ne sais pas si je dois continuer. J'ai une moyenne pourrie, je vais me planter aux examens…

– Tu ne peux pas le savoir ! proteste Colas. Tu ne veux pas prendre des cours en plus à l'extérieur ?

Julie secoue la tête.

– J'y ai pensé. Le vrai problème, c'est que je ne sais pas si c'est toujours un plaisir. Je suis là parce que la danse, c'est ma passion. Mais si ça devient une corvée…

Colas se sent perdu. Il est heureux que sa Petite Mère se soit confiée à lui. Mais comment lui répondre ? « Je suis incapable de l'aider. »

Julie regarde sa montre et s'écrie :

– Hé, tu as vu l'heure ? File faire tes devoirs, minus !

Elle lui plante un baiser sur la joue et le précède, marchant à grands pas vers l'internat.

Le vendredi, à la récréation du matin, la bande fait le point sur la situation de Colas. Tous s'inquiètent, à présent.

– Il boite toujours, annonce Sofia. Cette fois, j'en suis sûre.

– Il a du mal à suivre en cours, tous les mouvements le font souffrir, ajoute Bilal. Et impossible de le faire jouer au ping-pong. C'est un signe, quand même ?

– Et puis il a l'air triste, remarque Maïna.

Constance soupire.

– Je n'aime pas qu'on parle de lui dans son dos… mais je crois que vous avez raison, avoue-t-elle. Je l'ai observé depuis mercredi et il a l'air au bout du rouleau…

– On est tous d'accord, alors ? résume Maïna. Je m'occupe de prendre rendez-vous avec Mlle Pita.

– Je t'accompagnerai ! lance Zoé. Mais juste pour le soutien moral, hein. Parce qu'il vaut mieux que ce soit toi qui parles…

Deux heures plus tard, Maïna, Constance et Bilal rejoignent Zoé et Sofia dans la queue de la cantine.

– On a rendez-vous avec Mlle Pita lundi midi, annonce Maïna. Faudra manger vite, Zoé !

– Ce qu'on ferait pas pour ses amis…, grommelle la petite rousse.

– Lundi, c'est le jour où Nigel Miller vient nous observer pour son spectacle, remarque Bilal. Ça va être chargé, comme journée…

– Quand tu prends rendez-vous avec la directrice, tu acceptes le moment qu'on te propose et tu remercies, réplique Maïna. Et chut, maintenant ! ajoute-t-elle en désignant de la tête Colas, déjà attablé dans le réfectoire, à quelques mètres d'eux.

7

Lundi, l'ambiance est électrique à l'École. C'est cet après-midi que Nigel Miller va passer d'une classe à l'autre. Il observera les élèves effectuer la chorégraphie qu'il leur a enseignée. Et, dans chaque cas, c'est la même règle impitoyable qui s'appliquera : un élève et un seul sera retenu.

À la fin de la journée, les douze heureux élus seront connus. Et il leur restera trois semaines de travail aux côtés du chorégraphe. Tous les élèves de l'École sont conscients de la chance extraordinaire que cela représente.

Pourtant, Maïna et Zoé, qui attendent sur les canapés du premier étage du bâtiment de la danse, ne sont pas du tout en train de penser à ça.

— Tu crois que c'était une bonne idée ? demande Zoé en se tortillant.

— Je ne sais pas, soupire Maïna. Mais il est trop tard pour reculer, maintenant.

D'un geste de la tête, elle désigne Garance, l'assistante de la directrice. Elle vient de surgir devant elles et leur indique que Mlle Pita les attend.

Impressionnées, les deux amies pénètrent dans le grand bureau de la directrice. La baie vitrée donne sur la cour, où quelques élèves se promènent.

Assise à son bureau, Mlle Pita est en train d'écrire. Après quelques secondes, elle relève la tête et invite Maïna et Zoé à s'asseoir sur les deux fauteuils qui lui font face.

— Alors, vous vouliez me voir, mesdemoiselles ? interroge-t-elle avec sérieux.

Maïna prend une inspiration et s'éclaircit la gorge, avant de se lancer :

— En fait… On voulait vous parler d'un de nos amis. On s'inquiète pour lui.

Mlle Pita pose son stylo.

— Et pourquoi donc ? Racontez-moi.

— Eh bien, il travaille beaucoup en plus des cours, il s'entraîne tout seul… Et on a peur qu'il en fasse trop.

— Peut-être même qu'il s'est blessé ! intervient Zoé, incapable de rester silencieuse plus longtemps.

Mais, avant que Mlle Pita ait le temps de leur demander des précisions, le téléphone posé sur son bureau se met à sonner.

— Une seconde, mesdemoiselles, dit-elle à Maïna et Zoé en décrochant le combiné.

La directrice écoute avec attention, et les deux élèves voient soudain son visage se transformer. Elle semble surprise et inquiète.

— Il est blessé ? demande-t-elle. Et sait-on déjà si c'est grave ?

Après un silence, elle reprend :

— Oui, bien sûr. Merci beaucoup.

— C'est Colas ? interroge Zoé, à qui l'inquiétude fait oublier la politesse.

Mlle Pita fronce les sourcils.

— Colas ? répète-t-elle, étonnée. Pourquoi donc ?

– C'est de lui que nous sommes venues vous parler, explique Maïna.

– Ça alors…, murmure la directrice. On vient de m'appeler pour me dire que Frantz s'était blessé.

Puis, reprenant ses esprits, elle s'adresse aux deux filles, d'un ton qui signifie clairement que le rendez-vous est terminé :

– Je vous remercie, mesdemoiselles.

– Mais… vous allez faire quelque chose ? demande Zoé.

Maïna la tire par la manche en adressant un sourire d'excuse à Mlle Pita, qui lance un regard sévère à Zoé.

– Vous pouvez y aller, à présent, répond-elle, avant de replonger le nez dans ses papiers.

Une fois à l'extérieur du bureau, les deux amies se mettent à la recherche de Colas. Il faut le prévenir ! Dans le hall du bâtiment de la danse, elles croisent Bilal, qu'elles informent rapidement de la situation.

Tous les trois aperçoivent enfin Colas, à l'entrée de la salle de danse, discutant avec M. Borel. Ils se précipitent vers eux.

– D'accord, l'entendent-ils répondre au professeur. J'irai après le cours.

– On ne s'est pas compris, assène M. Borel d'une voix ferme. Mlle Pita a demandé que tu te rendes à l'infirmerie immédiatement.

– Mais…

– C'est ton frère ! ne peut s'empêcher d'intervenir Zoé. Il s'est blessé !

– Frantz ? demande Colas en écarquillant les yeux.

La mine soucieuse, après un instant de réflexion, il finit par déclarer :

– Je reviens tout de suite.

Et il s'éloigne à pas rapides.

– J'espère qu'il sera de retour à temps pour la présentation devant M. Miller, marmonne Bilal.

– Là n'est pas le problème, lui répond M. Borel. Mlle Pita m'a dit que Colas était sûrement blessé lui aussi. Je ne crois pas qu'il pourra participer au cours d'aujourd'hui.

Dans le couloir qui mène à l'infirmerie, Colas marche aussi vite que son mollet douloureux le lui permet. Son cœur bat à tout rompre. « Pourvu que ça ne soit pas grave », se répète-t-il en boucle.

Enfin, il pousse la porte, sans même frapper. Murielle, l'infirmière, est au téléphone, mais d'un geste, elle désigne le paravent à Colas. Ce dernier se précipite de l'autre côté.

Là, sur le lit, pâle comme les draps sur lesquels il est allongé…

– Frantz ! s'écrie Colas en s'avançant vers lui.

Le visage crispé par la douleur, son grand frère semble lutter contre les larmes.

– Qu'est-ce qui s'est passé ? demande Colas.

– J'étais en train de répéter… Et je ne sais pas, j'ai été déséquilibré… J'ai dû faire un faux mouvement. J'ai entendu mon genou craquer.

Sur ces derniers mots, la voix de Frantz

vacille. Colas comprend que son frère est très inquiet. Il redoute la blessure grave, celle qui immobilise le danseur pendant de longs mois.

Sortant enfin de sa stupeur, Colas ose prendre la main de son frère et la serrer.

– Ça va aller…, murmure-t-il.

Il aimerait se montrer rassurant, mais comment faire ? Il n'est pas habitué à jouer ce rôle, et il se sent totalement démuni devant la souffrance de Frantz.

Murielle choisit ce moment pour passer la tête derrière le paravent.

– Colas, tu peux venir me voir, s'il te plaît ?

Le garçon acquiesce, surpris, et rejoint l'infirmière. Il s'apprête à s'asseoir face à son bureau, mais elle lui fait signe de le suivre jusqu'au second lit, de l'autre côté de la pièce.

— Assieds-toi. Mlle Pita m'a demandé de t'examiner. Il semble que tu sois blessé, toi aussi ?

— Quoi ?! Mais pas du tout, s'indigne Colas. Je suis en pleine forme. Et de toute façon, je ne peux pas rester, je dois être en cours pour la séance avec M. Miller !

Colas sent la panique l'envahir. Depuis un quart d'heure, les événements s'enchaînent et lui échappent complètement.

Cette fois, Murielle secoue la tête.

— Tu n'iras nulle part tant que je ne t'aurai pas examiné. Alors si tu veux gagner du temps, tu ferais mieux de me dire où tu as mal…

Colas soupire. « Je ne vais pas m'en sortir », comprend-il.

— J'ai un peu mal au mollet droit, concède-t-il d'une petite voix. Mais je suis sûr que ce n'est rien du tout. En tout cas, je suis tout à fait capable de danser.

L'infirmière s'est déjà penchée et a posé les mains sur le mollet de Colas. Quand elle presse légèrement, le garçon ne peut retenir un cri de douleur.

Elle appuie ensuite un peu plus loin. Colas se mord les lèvres, mais est trahi par un mouvement de recul involontaire.

— Depuis combien de temps as-tu mal ? interroge Murielle.

— Je ne sais pas…, bredouille Colas. Deux-trois jours…

— Tu sais que, pour que tu sois bien soigné, il faut que tu nous dises la vérité, n'est-ce pas ?

Les pensées se bousculent dans la tête

de Colas. « C'est injuste, se répète-t-il. Ça fait deux semaines que je bosse comme un taré pour être sélectionné. Si j'avais été convoqué juste une heure après, c'était bon. »

Finalement, obligé d'admettre qu'il ne dansera pas devant le chorégraphe, il se décide à avouer toute la vérité à Murielle. « De toute façon, au point où j'en suis… »

L'infirmière l'écoute avec attention, puis tranche :

– Tu dois être examiné par un médecin rapidement. Repose-toi, je reviens.

Comme dans un mauvais rêve, il entend Murielle passer des coups de téléphone. Il comprend qu'elle organise leur transfert à l'hôpital, à Frantz et à lui.

Elle laisse ensuite un message à ses

parents, avant de repasser la tête pour lui annoncer :

– Les pompiers seront bientôt là.

Puis, devant la mine défaite de Colas, elle ajoute :

– Ne t'en fais pas, tout ira bien. Je suis sûre que tes parents vous rejoindront très vite.

Colas hoche la tête. C'est la pire journée de sa vie.

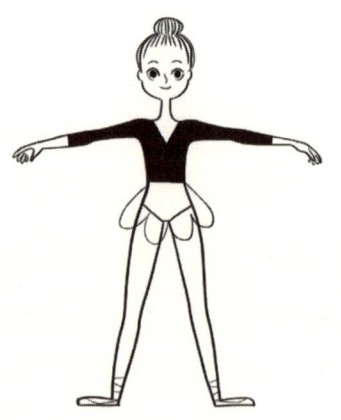

8

L'arrivée des pompiers tire Colas de sa torpeur. Ils s'occupent d'abord de son frère, qu'ils installent sur une civière. Lui quitte l'infirmerie sur un fauteuil roulant, baissant les yeux pour ne croiser le regard de personne.

Mais dans la cour où est garé le camion, impossible d'ignorer les murmures de la foule d'élèves. Colas croit entendre la voix de Bilal qui l'interpelle, au loin. Pourtant, il garde obstinément le nez baissé.

Enfin, les portes du camion claquent, puis le véhicule démarre. Colas relève alors la tête pour poser un regard inquiet sur son grand frère, qui a les yeux fermés à présent.

– Il va bien ? demande-t-il au pompier installé à l'arrière avec eux.

– Je viens de lui faire une piqûre d'un antidouleur, répond l'homme. Il est dans les vapes, c'est normal.

Le reste du trajet est silencieux.

Arrivés aux urgences, les pompiers transmettent les informations à l'infirmière chargée de faire le tri entre les patients.

– On vous installe dans la salle d'attente, explique celle-ci à Colas. On viendra vous chercher.

Après avoir dit au revoir aux pompiers,

Colas jette un œil à Frantz. Il somnole toujours. Le petit blond laisse alors ses pensées le ramener à l'École.

« En ce moment même, ils passent devant Nigel Miller, réalise-t-il. Peut-être que Bilal est en train de danser, là, maintenant ? À ma place… Et si c'est lui qui est pris ? se demande-t-il soudain. Est-ce que je serais content… ou jaloux ? »

Il secoue la tête pour chasser cette pensée. À la place, il se concentre sur une phrase de Hugo Dinant, son danseur Étoile préféré : « Je ne veux pas danser mieux que les autres. Je veux danser mieux que moi. »

Colas a toujours cru qu'il suivait son exemple, en travaillant inlassablement sa technique, ses ports de tête, ses ports de bras. En ignorant la douleur. Mais maintenant, dans la salle d'attente des urgences, il s'interroge : peut-être qu'il a fait fausse route ?

Au bout d'un moment – Colas ne saurait dire si l'attente a duré quinze minutes ou trois heures –, le père des deux garçons arrive aux urgences, les traits tirés par l'inquiétude. Son cadet lui fait un signe de main et il les rejoint en trois enjambées.

– Que s'est-il passé ? Tu vas bien ? demande-t-il à Colas. Vous êtes blessés tous les deux ? Comment…

– Oui, confirme Colas. C'est fou…

La voix de son père a réveillé Frantz, qui souffle :

– Salut, papa…

– Comment tu te sens ?

– Je me suis fait mal au genou, répond ce dernier en grimaçant. Mais je n'ai pas encore passé de radio, alors je ne sais pas…

Leur père hoche la tête.

— Je vais demander qu'un médecin vous voie rapidement. Vous leur avez dit que vous étiez danseurs ?

Frantz fait la moue.

— Papa, on est aux urgences, on passera quand ils auront de la place…

Mais leur père ne l'entend visiblement pas de cette oreille. Il lève les yeux au ciel et s'éloigne en lançant :

— Je reviens, attendez-moi là.

Colas croise le regard de Frantz. Ce dernier lui sourit faiblement et lâche :

— Typique de papa !

— Tu m'étonnes ! réplique Colas. Nous ne sommes pas des gens comme les autres. Nous sommes des danseurs !

— Des artistes ! renchérit Frantz, en prenant un accent snob qui les fait rire.

Soudain, la voix d'un médecin résonne dans la salle d'attente :

– Frantz Vetter ?

Sur le brancard, ce dernier lève la main.

– Par ici !

Une fois que le jeune urgentiste a pris connaissance de la situation, Frantz, Colas et son père se font conduire jusqu'à une salle d'examen. Le cas de Frantz paraissant plus sérieux, le médecin commence par l'emmener à la radio. Quand ils reviennent tous les deux, le visage de Frantz est fermé.

– Alors ? interroge leur père.

Colas tente de comprendre les explications du médecin, qui parle de luxation. Ce qu'il réalise, c'est que son frère ne pourra pas suivre les cours pendant au moins six semaines, et qu'un traitement et une kinésithérapie lui sont prescrits.

Voilà pourquoi Frantz semble si en colère.

Bien sûr, les danseurs savent que la blessure est un risque. Qu'il n'y a que très peu de chances qu'ils ne soient jamais blessés au cours de leur carrière. Et à l'École, c'est pareil. Tous les élèves doivent s'arrêter de danser de temps à autre. Le rythme intensif est une des causes de blessure, tout comme le fait que les élèves soient en pleine croissance.

— À nous, jeune homme ! propose ensuite le médecin en se tournant vers Colas.

Après auscultation et examens complémentaires, le verdict tombe.

— Je suis désolé d'être le porteur de mauvaises nouvelles, déclare l'urgentiste, mais tu dois t'arrêter, toi aussi.

S'adressant directement à Colas comme à une personne en âge d'entendre ce qu'il lui explique, il mentionne une importante inflammation et la nécessité d'un repos temporaire.

— Trois semaines sans sport, c'est le minimum, termine-t-il, en rédigeant des ordonnances pour les deux frères.

Tandis que leur père parle au médecin, Colas et Frantz échangent un regard.

— Au moins, on est deux dans la même galère, marmonne l'aîné.

Colas hoche la tête. Son frère est bien plus gravement blessé que lui, pourtant il tente visiblement de le réconforter. Colas est touché.

— T'as raison, répond-il en se forçant à sourire. On va se serrer les coudes.

9

Quand Frantz et Colas regagnent l'École, l'heure du couvre-feu est déjà dépassée. Malo et Jonathan dorment, et impossible, bien sûr, d'aller interroger les filles sur le choix de Nigel Miller ! « Tant pis, ça attendra demain », se dit Colas, que les émotions de la journée et la fatigue accumulée rendent philosophe.

Il s'endort en quelques minutes à peine.

Le lendemain, au petit déjeuner, Colas retrouve les filles de la bande. Il n'a pas voulu questionner ses camarades de chambre, préférant que ses amies les plus proches lui annoncent les résultats. Quand il arrive avec son plateau chargé, Constance est déjà installée à une table avec Sofia. Zoé et Maïna, qui n'étaient pas loin derrière lui dans la file de la cantine, ne tardent pas à les rejoindre.

– Alors, le revenant ? lance la petite rousse en posant son plateau. Comment va la famille des jambes cassées ?

– Rien de grave ? ajoute Maïna.

Colas fait la moue.

– Frantz ne pourra pas danser pendant au moins six semaines, explique-t-il.

– Oh non ! s'exclame Sofia. Le pauvre…

– Et moi, je n'ai écopé que de trois semaines d'arrêt, poursuit Colas.

– Trois semaines ? répète Constance, en relevant le nez de son chocolat chaud.

Colas hoche la tête avec un air résigné. Maïna et Zoé échangent un regard que le petit blond ne parvient pas à déchiffrer.

– Désolée, résume Sofia. C'est vraiment pas de chance : ton frère et toi, blessés en même temps !

– Le plus rageant, c'est que ça soit arrivé le jour où Nigel Miller faisait sa sélection, oui ! s'exclame Colas. En plus, je suis sûr que j'aurais pu tenir un cours de plus…

Il s'arrête brusquement. Il vient de penser à quelque chose.

– D'ailleurs, je me demande comment Mlle Pita a pu savoir que j'étais blessé !

Zoé rougit et enchaîne très vite :

— On s'en fiche un peu maintenant, non ? Tu ne veux pas plutôt savoir qui a été sélectionné ?

Colas observe la petite rousse, surpris. Pourquoi semble-t-elle si gênée ?

— Si, finit-il par reconnaître. Dites-moi tout !

D'un même mouvement, Sofia, Zoé et Maïna se tournent vers Constance, qui s'éclaircit la gorge avant d'annoncer :

— Chez les filles, c'est moi qui ai été choisie.

« J'en étais sûr », songe Colas, qui admire beaucoup le talent de Constance.

— Félicitations, dit-il à la jolie brune, aussi chaleureusement que possible.

« Si j'avais été pris, j'aurais pu danser avec elle », réalise-t-il en mâchant sa tartine.

— Et chez les garçons ? demande-t-il enfin, bien qu'il ne soit pas certain de vouloir connaître la réponse.

— C'est Basile qui a été sélectionné, répond Sofia.

Colas hoche la tête. Le beau brun aux yeux noirs fait partie du deuxième groupe, le groupe des grands. « Pas étonnant qu'il ait été pris… »

En début d'après-midi, Colas se rend au cours de danse de M. Borel avec Bilal. Malgré sa blessure, il doit tout de même y assister, afin de mémoriser les enchaînements abordés par les autres élèves et de ne pas prendre trop de retard.

— Tu t'ennuies pas trop, mec ? lui glisse

Bilal après la barre, lorsqu'il vient boire une gorgée d'eau.

Colas soupire.

— C'est l'enfer, oui…

— J'espère que tu es attentif, Colas ! en profite pour lui lancer M. Borel. Je te préviens, trois semaines, ça passe beaucoup plus vite qu'on le croit.

Le lundi suivant, après les cours de l'après-midi, le garçon est complètement déprimé. Voilà une semaine qu'il ne peut plus danser, et si son mollet a cessé de le faire souffrir, l'impression d'être exclu grandit de jour en jour.

Il n'a qu'une envie, se traîner jusqu'à son lit, se rouler en boule sous la couette et se faire oublier jusqu'à la semaine suivante. Il voudrait accélérer le temps jusqu'au jour de sa guérison.

Mais, alors qu'il pense discrètement fausser compagnie à la bande, une main lui tape sur l'épaule.

– On a une surprise pour toi, le grand blessé ! lui lance Bilal avec un sourire mystérieux.

Zoé surgit à côté de lui en brandissant les raquettes de ping-pong.

– Tournoi du soir, bonsoir ! crie la petite rousse d'une voix suraiguë. Constance et Sofia sont parties réserver la table.

Sofia surgit à son tour derrière Bilal.

– Et cette fois, je ne finis pas dernière !

Bilal tape dans la main de la jeune Italienne en riant.

— *Deal!*

Colas adresse un regard outré aux trois amis, avant de remarquer, sarcastique :

— Vous êtes au courant que je ne peux pas faire de sport, rassurez-moi ? Vous n'avez pas cru que je me reposais volontairement pendant les cours de danse ?

— Pas la peine de monter sur tes grands chevaux ! proteste Sofia, avant de jeter un coup d'œil interrogatif à Bilal : C'est bien comme ça qu'on dit ?

— Tout à fait ! réplique le brun. Allez, fais-nous un peu confiance, Colas !

Sans comprendre, le petit blond hausse les épaules et leur emboîte le pas.

Quelques instants plus tard, ils arrivent dans la cour intérieure. Colas aperçoit Maïna, assise sur la table de ping-pong, une raquette et une balle à la main.

– Pas trop tôt ! s'écrie-t-elle. Je vais finir par croire que tu as peur de jouer contre moi…

De l'autre côté, Constance s'écarte avec une révérence exagérée.

– Si monsieur veut bien se donner la peine, déclare-t-elle, en désignant la table.

– C'est quoi l'idée ? demande Colas, perplexe.

– Le ping-pong sur table ! explique fièrement Zoé. On t'aide à grimper, tu trouves une position confortable pour toi et tu joues. Simple, pas vrai ?

Enfin, Colas sourit. Il s'en veut d'avoir pu penser que ses amis ne le comprenaient pas.

– Merci, les gars ! souffle-t-il, alors qu'il s'installe. Vous êtes les meilleurs.

— Tu crois qu'on n'a pas vu que tu faisais une déprime totale ?

Après une demi-heure de rigolade avec la bande, Colas se sent bien mieux.

Mercredi soir, Colas fait ses devoirs, assis sur un des canapés de son étage, à l'internat. Cette fois, le problème de maths est plus simple. « Ou alors c'est moi qui ai progressé ? » se dit-il. L'idée le rend joyeux. C'est vrai que c'est agréable de trouver le bon résultat et de l'encadrer proprement en rouge en bas de la copie. Alors qu'il s'empare de son manuel d'histoire, il sent quelqu'un s'asseoir à côté de lui.

— Julie ! s'exclame-t-il, surpris. Tu viens

prendre des nouvelles du blessé, c'est ça ?

— Non ! réplique sa Petite Mère, avant de rire et de se corriger : Enfin si, bien sûr. Comment ça va ?

— Un peu mieux, j'ai l'impression.

— Super ! Mais plus sérieusement, je voulais t'annoncer quelque chose.

Colas pose son manuel pour la regarder, inquiet. Le ton solennel qu'elle vient d'adopter ne prédit rien de bon…

— J'ai pris ma décision. Je vais quitter l'École.

— Quoi ?! Tu rigoles ou quoi ? Mais pourquoi ?

Julie lui sourit. Elle a l'air apaisée, sûre d'elle.

— Je savais que ça n'allait pas te plaire, minus. Mais depuis que j'ai fait mon choix, je me sens légère, si tu savais…

Si j'avais encore le moindre doute, il a disparu !

Refusant de gâcher la joie de sa Petite Mère, Colas se force à sourire. Julie lui souhaite très vite une bonne nuit, persuadée qu'il a plutôt bien pris la nouvelle.

Pourtant, une fois seul, le garçon constate que sa bonne humeur est retombée. Il est toujours effrayant de penser que la vie à l'École peut s'arrêter très brutalement.

« Si ça se trouve, je ne serai plus ici l'année prochaine, ou dans deux ans… » Colas frissonne. Finalement, cette blessure, ce n'est peut-être pas la fin du monde…

10

Le samedi suivant, pour la première fois depuis bien longtemps, Colas se retrouve seul avec Frantz dans l'appartement familial. Il n'est pas rare que leurs parents soient absents le week-end, au contraire. En revanche, d'habitude, Frantz a toujours mieux à faire que de passer la journée avec son frère.

« C'est sans doute à cause de son genou, se dit Colas, en le découvrant allongé dans le grand canapé du salon. Il doit vouloir se reposer… »

Frantz est plongé dans la lecture d'un livre de poche et Colas traverse la pièce en tentant de ne pas faire de bruit pour ne pas le déranger. Raté : Frantz relève la tête !

— Hé, salut, moustique ! Je croyais que tu faisais la grasse mat'…

Colas répond par un signe de main.

— J'aimerais bien, mais je n'arrive pas à me rendormir.

Puis, désignant la jambe de Frantz d'un geste du menton, il demande :

— Ça va, ton genou ? Tu n'as pas trop mal ?

— Tu parles, avec les médicaments, je passe mes journées dans du coton ! Non, c'est la kiné qui est désagréable. Et toi, ajoute-t-il en posant son livre à côté de lui sur le canapé, ton inflammation ?

— Je sais pas trop, soupire Colas. J'ai l'impression que ça va mieux, mais tant que je n'aurai pas repris les cours de danse, je ne saurai pas si c'est vraiment guéri ou pas…

Frantz fait une moue désolée.

— C'est chiant, hein, d'être planté dans un coin de la salle à regarder les autres danser !

Les deux frères se sourient, complices pour la première fois depuis une éternité.

— Je suis désolé que tu n'aies pas pu passer devant Nigel Miller, déclare Frantz d'un ton plus sérieux. C'était vraiment pas de bol de se blesser ce jour-là.

Touché que son frère pense à lui, Colas lance en plaisantant :

– Oui, on est les frères la poisse, tous les deux !

Frantz rit, avant de reprendre :

– En tout cas, je trouve que tu as pris la blessure avec beaucoup de maturité. Si ça m'était arrivé à ton âge, j'aurais passé des jours entiers à me plaindre aux parents. Mais tu es plus solide que moi, p'tit frère.

Les phrases de Frantz font réfléchir Colas. Il ne se souvient pas de Frantz à son âge. « Je l'ai toujours imaginé parfait… », réalise-t-il. Et surtout, il n'imaginait pas que son grand frère puisse s'intéresser à lui de cette façon. Pris au dépourvu par ce rapprochement qu'il n'attendait plus, il ne sait pas comment répondre. « J'ai rêvé de cette scène des dizaines de fois en pensant

aux milliards de choses que j'aimerais lui dire, partager avec lui… Et quand ça arrive enfin, se maudit-il, je reste muet comme une carpe. »

– Je sais que je ne suis pas super sympa avec toi à l'École… mais c'est parce que tu es mon petit frère, tu vois ?

Colas secoue la tête.

– Pas bien, non…

– Quand tu es arrivé, je ne voulais pas que tu penses qu'on allait être toujours fourrés ensemble… Et puis, c'est normal de se charrier entre frères. Ce que je veux dire, c'est que je suis là pour les trucs importants. J'espère que tu le sais…

Sans qu'il comprenne vraiment pourquoi, la gentillesse de son frère fait monter les larmes aux yeux de Colas.

– Qu'est-ce qui se passe ? s'inquiète

Frantz, en se redressant pour l'examiner avec attention. Ça ne va pas ?

Colas déglutit péniblement. Comment résumer tout ce qu'il ressent ? Comment l'expliquer ? Il souffle :

– C'est pas terrible, en ce moment.

– Tu peux m'en parler, tu sais. Je suis là, je t'écoute, insiste Frantz.

– Trop de choses en même temps… Cette inflammation débile, moi qui suis le plus petit de ma division, tellement qu'ils vont finir par me virer si ça continue…

– C'est vrai que c'est un coup dur, la blessure, mais je t'assure : tu gères comme un chef. Et puis c'est bientôt terminé…

Colas hoche la tête. Dans un peu plus d'une semaine aura lieu une visite de contrôle. Si tout se passe comme prévu, il sera autorisé à reprendre la danse.

– Et pour ta taille, c'est juste que tu n'as pas encore fait ta poussée de croissance, tente de le rassurer Frantz. Tu ne te souviens pas pour moi ? Quand j'ai eu 13 ans, juste après mon anniversaire, j'ai poussé d'un coup ! Il a fallu changer toutes mes fringues.

– Et si je ne grandis jamais ? Ou pas assez ? Si je fais une tête de moins que toutes les filles ? Le pire, c'est que la seule personne à qui je pourrais me confier va sûrement quitter l'École…

– Qui ça ?

– Julie ! Ma Petite Mère que tu trouves trop nulle !

Frantz fait une nouvelle moue désolée.

– Oui, j'ai appris qu'elle allait sûrement démissionner. Je sais que ça te rend triste, mais je crois que c'est la bonne décision… Tout le monde n'est pas fait pour l'Opéra. Depuis le début de l'année, elle est à la traîne. Et ça la rend malheureuse.

Colas hoche la tête.

– Et puis y'a les parents, aussi.

– Les parents ? répète Frantz, les yeux écarquillés. Mais ils te fichent une paix royale ! Si tu savais ce que j'aimerais être à ta place…

Colas secoue la tête.

– Ils ne me demandent rien parce qu'ils s'en fichent complètement de moi ! s'écrie-t-il. Rien de ce que je fais ou dis ne les intéresse… Il n'y en a que pour toi.

Colas a chuchoté les derniers mots, un peu honteux de révéler sa jalousie à son frère.

– Je comprends, murmure Frantz. Toi,

tu aimerais que les parents s'occupent un peu plus de toi. Et moi, je rêve qu'ils me laissent tranquille. Je suis programmé pour être leur danseur étoile, tu te rends compte de la pression ?

– Et moi ? Pourquoi je ne pourrais pas réussir ?

– Mais non ! répond Frantz. Toi, tu es libre ! Rien ne t'empêche de devenir étoile… mais rien ne t'y oblige non plus. Réfléchis-y, d'accord ?

Colas hoche la tête. Il ne sait pas s'il parviendra un jour à la même conclusion que Frantz. Ce qui est sûr, c'est que cette discussion lui a fait du bien. Il se sent plus proche que jamais de son frère. Libéré.

Le mercredi suivant, en début de soirée, une quinzaine d'élèves sont réunis dans la petite chambre de l'internat que Julie partage avec Nami.

Serrés comme des sardines, les petits rats trinquent au cidre – ou au jus de pomme dans le cas de Colas – et dévorent bonbons et gâteaux. Les plus sérieuses se contentent de fruits. Il s'agit surtout d'élèves de deuxième division, parmi lesquels Colas se sent minuscule. Mais aujourd'hui, il a décidé de ne pas s'en préoccuper. « Je ne suis pas le centre du monde », se répète-t-il avec un petit sourire. C'est un exercice qu'il a décidé de mettre en place : se forcer à voir les choses du point de vue des autres, de temps en temps. Sortir de lui-même et de ses pensées. « Et là, le sujet, c'est Julie, et personne d'autre ! »

Justement, sa Petite Mère prend la parole :

— Merci à tous ! dit-elle, la voix tremblante d'émotion. C'est adorable d'être venus me dire au revoir… Vous allez tous me manquer atrocement, je le sais.

Nami vient serrer Julie dans ses bras, interrompant momentanément le discours improvisé. Puis l'héroïne du jour reprend :

— Vous le savez, je quitte l'École à la fin de la semaine. Et comme le hasard fait bien les choses, j'ai eu la réponse que j'attendais. J'ai donc une bonne nouvelle à vous annoncer… Je suis admise en école de design !

Maeva et Dorothée se précipitent vers Julie pour la porter en triomphe, sous les hourras de tous les élèves présents. Colas applaudit en riant.

— La prochaine fois qu'on se voit, on boira dans des verres que j'aurai dessinés moi-même ! termine Julie en levant son gobelet en plastique.

Ce soir-là, la fête se poursuit jusqu'au couvre-feu. Et contre toute attente, Colas se couche le sourire aux lèvres, oubliant même le stress de son rendez-vous médical du lundi. Julie lui a appris une leçon importante. « Tout le monde change. Et pour être heureux, il faut savoir l'accepter. »

11

Vendredi, le grand jour est arrivé ! Toute l'École ne parle que de ça : le spectacle de Nigel Miller a lieu aujourd'hui. En plus de cette unique représentation, la chorégraphie sera filmée. Le travail des élèves sélectionnés passera donc à la postérité.

— Vous imaginez ? s'exclame Maïna en l'apprenant. Quand Constance sera Étoile, tout le monde voudra voir ce film !

— Et le public regrettera l'aveuglement

de ce Nigel Miller, qui ne m'a pas sélectionnée moi, Zoé, l'idole de toute une génération de ballerines…

La bande éclate de rire. Ils sont assis côte à côte au deuxième rang de la salle de spectacle pleine à craquer : Mlle Pita a convié les parents d'élèves, et avec un chorégraphe d'une telle renommée, l'invitation est un succès !

Colas cherche son frère des yeux. Ce dernier lui adresse un clin d'œil, puis lui indique d'un mouvement de tête où se trouvent leurs parents.

Colas leur fait signe, mais déjà les lumières s'éteignent et le rideau se lève. Le spectacle commence !

À la surprise générale, la chorégraphie créée par Nigel Miller… est très drôle ! Les élèves disparaissent sous d'étonnants costumes d'animaux. Constance incarne une poule, tandis que Lucas joue un rat – un vrai.

Les spectateurs ne peuvent que constater le talent du chorégraphe, qui, en quelques saynètes, parvient à donner vie à une succession de fables.

Une fois la dernière histoire terminée, les douze élèves s'avancent pour saluer et ôtent enfin le haut de leurs déguisements. Colas découvre le visage de Constance comme il ne l'avait jamais vu. Elle est rouge, visiblement essoufflée, mais irradie, les yeux brillant de bonheur. Juste à ce moment-là, leurs regards se croisent. Colas se demande si le sourire de la danseuse ne s'est pas encore élargi. Le public, qui a ri de bon cœur, applaudit à tout rompre lorsque Nigel Miller s'avance à son tour pour saluer.

Colas et Frantz rejoignent leurs parents dans le hall du bâtiment de la danse.

— Alors, comment vont mes petits blessés ? demande leur mère en les embrassant.

Tous les deux la rassurent : ils n'ont plus aucune douleur, juste l'envie de reprendre la danse rapidement.

— Ça ne doit pas être facile pour vous d'assister au spectacle alors que vous vous êtes blessés le jour des sélections, soupire leur père.

— C'est vrai, répond Frantz, d'une voix où perce la déception. Mais si Colas avait été là, enchaîne-t-il d'un ton plus léger, les autres gamins n'auraient eu aucune chance, les pauvres !

Colas rigole et pousse son grand frère du bras.

– C'est malin !

– En tout cas, cette épreuve a l'air de vous avoir rapprochés, tous les deux, remarque leur mère, que ce constat réjouit visiblement.

– C'est bien que vous vous serriez les coudes, renchérit leur père.

– On est fiers de vous, vous savez ? souffle leur mère en s'avançant pour les presser contre elle. Mes deux danseurs !

Colas n'en revient pas. Est-ce parce qu'il était prêt à les entendre que ses parents lui ont enfin dit les paroles qu'il attendait ? « Peu importe, après tout », songe-t-il, profitant de la douce sensation de chaleur qui l'enveloppe depuis tout à l'heure.

Installé à côté de son frère dans la voiture qui les ramène chez eux, il croise les doigts pour que cette chance nouvelle ne l'abandonne pas. « Je vais en avoir besoin, lundi, pour ma visite de contrôle… »

Quand Colas revient à l'École le lundi en fin d'après-midi, après son rendez-vous à l'hôpital, la première personne qu'il a envie de voir, c'est Frantz. Il le trouve sur le palier de son étage à l'internat, allongé sur un canapé.

— Alors ? demande-t-il, dès qu'il aperçoit Colas. C'est bon ?

Un large sourire s'épanouit sur le visage du petit blond.

— Oui, c'est bon ! s'écrie-t-il joyeusement.

Je suis officiellement apte à reprendre la danse !

— Félicitations, frangin !

Colas se laisse tomber à côté de lui et assure :

— Dans trois semaines, ce sera ton tour.

Frantz hoche la tête en silence. Visiblement, il a hâte d'y être.

Après quelques instants, Colas se décide à poser la question qui lui trotte dans la tête depuis la veille :

— Dis… Tu crois qu'on restera amis quand tout sera redevenu comme avant ?

Frantz lui sourit.

— Tout ne redeviendra pas comme avant. Et oui, on restera amis. En fait, j'ai même pensé à quelque chose…

— Quoi ? interroge Colas.

— Eh bien… comme Julie est partie,

je me disais que tu allais avoir besoin de quelqu'un à qui parler. Quelqu'un de plus expérimenté, tu vois…

Colas dévisage son grand frère. « Est-ce que j'ai bien compris ce qu'il est en train de me dire ? » se demande-t-il.

– Qu'est-ce que…

– Il y a peut-être une question que tu voudrais me poser, non ?

Colas prend une grande inspiration avant de se lancer :

– Tu voudrais bien être mon Petit Père ?

– J'ai cru que tu ne me le demanderais jamais ! s'exclame Frantz. Bien sûr que je le veux !

Colas sent l'émotion le submerger. Son frère doit le remarquer, car il s'écrie d'un ton enjoué :

— Allez, file annoncer la bonne nouvelle à tes potes. Ouste !

Le garçon s'exécute, impatient à présent de retrouver la bande.

Ses cinq amis sont assis par terre dans la cour intérieure, en train de discuter. Colas se précipite vers eux, bras levés, et crie :

— Victoire ! J'ai le droit de danser !

Comme pour le leur prouver, il bondit sur place.

— Oh là, doucement ! le sermonne Maïna. Mieux vaut reprendre en douceur, non ?

Colas éclate de rire.

— Ne t'inquiète pas, j'ai retenu la leçon, répond-il. Un bon danseur doit écouter son corps et savoir faire la différence entre la douleur normale…

— … et l'alerte ! complète la bande d'une même voix.

Colas s'assoit à côté d'eux, savourant l'instant. Bilal lui passe un bras autour de l'épaule et annonce :

– Bon, c'est bien joli, tout ça, mais on a un truc à faire, les gars !

– Ah oui, quoi ? interroge Sofia, surprise. On n'a pas de cours, là, si ?

– Une tournante de ping-pong pour fêter le retour du champion ! s'écrie Bilal, en brandissant des raquettes.

Toute la bande se met en place : trois de chaque côté de la table, et on se tient prêt à courir.

– À toi l'honneur ! lance Bilal à Colas.

Constance échange un regard amusé avec Zoé et déclare, moqueuse :

– On vous connaît, les garçons. Vous parlez beaucoup… mais quand il s'agit de faire la différence…

– … mieux vaut compter sur les filles ! termine Zoé, en servant la première balle.

Le match est très disputé. La première finale oppose Sofia à Maïna, et c'est la jeune Italienne qui l'emporte.

– J'ai gagné ! s'écrie-t-elle, stupéfaite.

Puis elle se tourne vers Colas et lui souffle :

– Désolée…

Elle a un air si penaud que tous éclatent de rire.

– Ne t'excuse pas de gagner, tu l'as mérité ! répond Colas. Quant à toi, Bilal, je te préviens, je vais te mettre une raclée. Tu vas regretter que je sois guéri…

Mais malgré les bravades, Colas sait que l'essentiel n'est pas là. Dorénavant, il se l'est promis : la seule personne qu'il essaiera d'impressionner, c'est lui-même.

Savais-tu que l'École de Danse de l'Opéra se situe bien au 20, allée de la Danse ?

Ces quelques pages te permettent d'en savoir encore plus…

Un enseignement « à la française »

« L'école française » de danse a une particularité : elle préfère la pratique à la théorie ! À l'École de l'Opéra de Paris, les chorégraphies que les petits rats apprennent par cœur ne sont pas écrites sur du papier. Elles sont transmises oralement aux élèves par les professeurs. Tout se fait par le geste. Cela permet aux futurs danseurs de « s'imprégner » du style de leurs professeurs en les imitant. Et c'est en répétant encore et encore les pas de bourrée ou le travail des pointes que les petits rats s'améliorent.

Lorsqu'on n'a ni manuel ni cahier, il est important de bien mémoriser les mouvements montrés par l'enseignant. Pas question de rêvasser pendant les cours ! Il faut se concentrer pour faire fonctionner sa mémoire. Les professeurs savent que cette méthode est efficace : avant de devenir danseurs et d'enseigner, ils ont tous été des petits rats à l'École de l'Opéra !

LE SAVAIS-TU ?

Les garçons aussi, comme les filles, se maquillent seuls avant les spectacles, car cela fait partie des apprentissages de leur futur métier.
Les élèves de sixième division peuvent évidemment se faire aider par les plus grands.

Billy Elliot, une source d'inspiration pour beaucoup de garçons

Le film *Billy Elliot* a été réalisé en 2000 par Stephen Daldry. C'est l'histoire de Billy, 11 ans, qui prend des cours de boxe dans le gymnase de sa ville. Mais, fasciné par la danse pratiquée par les élèves de Mme Wilkinson dans l'autre partie du gymnase, Billy abandonne les gants de boxe pour les chaussons de danse. Affrontant les préjugés de son père, mineur de profession, Billy fera tout pour devenir une Étoile et prouver que le ballet n'est pas réservé aux filles !

L'Éditeur tient à remercier tout particulièrement pour leur aide précieuse :
Élisabeth Platel, *Directrice de l'École de Danse de l'Opéra de Paris ;*
Astrid Boitel, *Assistante de direction de l'École de Danse de l'Opéra de Paris;*
Benjamin Beytout, *Adjoint au Directeur Commercial et du Développement de l'Opéra de Paris.*

© 2020 Éditions NATHAN, SEJER, 25 avenue Pierre-de-Coubertin, 75013 Paris
Loi n° 49-956 du 16 juillet 1949 sur les publications destinées à la jeunesse,
modifiée par la loi n° 2011-525 du 17 mai 2011
DA maquette : Marine Giacomi
Dépôt légal : octobre 2016
ISBN 978-2-09-256622-0

N° d'éditeur : 10266593
Cet ouvrage a été achevé d'imprimer en août 2020
Imprimé en Allemagne